Smoky Nectar

HANA

www.boys-loves.fr

Traduit du Japonais par Angélique Mariet
Maquette : Justine Mouron
Assistante Edition : Maeva Paino
Responsable Editorial & Production : Tony Mr P

Dépot légal : Juillet 2021
ISBN 978-2-38276-077-2
ISSN 2743-4435

Imprimé par GZ Digital Media as

Smoky Nectar

POSTFACE

Merci infiniment d'avoir lu « Smoky Nectar » !
La publication arrivait si vite qu'il y a certaines scènes que je n'ai pas eu le temps de dessiner, et Anmitsu ! Je les aime tellement ensemble, je regrette un peu d'avoir dû leur dire au revoir si rapidement...
J'ai pris beaucoup de plaisir à dessiner cette histoire et j'espère sincèrement que vous en apprécierez la lecture.

AKIRA MINAZUKI

REMERCIEMENTS

Mon éditeur et tout le département éditorial, les designers, les libraires...
Et toutes les personnes qui m'ont aidées dans ce projet.
Merci infiniment !

C'est toi qui m'as accepté.
JE TE LE RÉPÈTE...
TU ES LA SEULE PERSONNE QUI ME FAISAIT ENVIE.
END

JE T'AIME À
EN CREVER.
JE SUIS SI
HEUREUX QUE
TU M'AIES
CHOISI..
Ne dis pas ça,
Mitsuru.

TREMBLE
ふる
C'EST JUSTE QUE JE TE DÉSIRE...
TREMBLE
ふる
ANNA...
FRISSON
OUAH !
AT-TENDS...
HAA
HAA
JE VAIS JOUIR !
PAF
HAA...
JE RESSENS AUSSI BEAUCOUP DE CHOSES JUSTE EN ÉTANT EN TOI...
J'ai failli...
HAA...
PFF...
T'ES VRAIMENT AMOUREUX DE MOI, HEIN !
OUI...

C'EST BIEN CE QUE JE DIS.
HEIN ?
SPLASH
AH !
ATTENTION.
JE NE VAIS PAS TE MORDRE AUJOURD'HUI.
HMM...
PAF
HN !
PRESSE
HAA...
PAF
PAF
AH !
....!
JE... JE TE L'AI DIT...
HFF
HFF
HAA
QUOI ?
TREMBLE
HAA
C'EST PAS...
À CAUSE DE TON SANG...
TREMBLE
HAA
HAA
!
OU QUOI QUE CE SOIT...

QU'EST-CE QUE TU VIENS DE ME FAIRE DIRE ?!
C'EST TOI QUI AS VOULU M'EXPLIQUER !
POUIC
JE NE ME LASSE PAS DE TOI...
HA AN !
C'EST LÀ, NON ?
PLIC
PLIC
PLIC
C'EST... C'EST SUPER GÊNANT !
HAA
AH !
TU PEUX JUSTE ME MORDRE, TU SAIS !
HAA
HAA...
FUIP
CHOPPE
J'AI ENVIE QUE TU ME RENDES DINGUE...
GLOUPS
J'Y AI DÉJÀ PENSÉ MAIS... TU TE FAIS MORDRE BEAUCOUP TROP FACILEMENT.
BIEN SÛR QUE NON...
C'EST PARCE QUE C'EST TOI...

TU T'Y ES DÉJÀ HABITUÉ APRÈS NE L'AVOIR FAIT QU'UNE SEULE FOIS ?
HÉ ! N'INSINUE PAS QUE JE SUIS UN HOMME FACILE !
JE N'AI PAS DIT ÇA.
ÇA N'EST PAS SI SIMPLE.
AAH
JE FAIS BEAUCOUP D'EFFORTS.
HM ?
JE ME DEMANDAIS SI C'ÉTAIT JUSTE TA SALIVE QUI ME RENDAIT FOU COMME ÇA...
TU SAIS... LA PROSTATE ?
JE PENSAIS QUE C'ÉTAIT UNE LÉGENDE.
JE VOULAIS SAVOIR SI ÇA ME FERAIT LE MÊME EFFET EN ME TOUCHANT MOI-MÊME...
ET QUAND JE CHERCHAIS...
.....
HEIN ?!
QUOI ?!

HAA
JE ME SENS UN PEU TENDU PARCE QUE JE NE VEUX PAS RATER UNE SEULE SECONDE DE CE MOMENT...
QU'EST-CE QUE TU VEUX VOIR DE PLUS ?
Mes os ?
SPLASH
HMM...
AAH
SMACK
SMACK
FUIP
FUIP
FRISSON
AT-TENDS ...
ÇA... C'EST...
HAA ...
SUPER SEXY...
HAA ...
OUAIS...
TU AS RÉUSSI À LÂCHER PRISE...
FUIP
JUSTE LÀ...
FUIP
C'EST BON...
HAA ...
DIS... TU SAIS, L'AUTRE FOIS...
HAA

FUIP
HAN...
......
HA AH
HA AH
NE ME REGARDE PAS COMME ÇA...
LAISSE-MOI TE MATER TANT QUE JE SUIS DANS MON ÉTAT NORMAL...
HFF
FIXE
HFF
HAA...
SLURP
HA HA... POURQUOI TU ES STRESSÉ COMME ÇA ?
ON L'A DÉJÀ FAIT PAS MAL DE FOIS POURTANT.

Epilogue

J'ai dû me cacher dans l'ombre...
en cherchant du sang humain en espérant laisser ma trace...
Je ne suis vraiment...
qu'un insecte répugnant qui ne devrait pas approcher les humains.
Aucune chance que je forme un contrat avec qui que ce soit.

J'ai été élevé en cage toute ma vie.
Yûsei, c'est bientôt ta première période de reproduction.
Une personne du clan te surveillera quand tu recevras ta première transfusion du donneur...
mais ne t'en fais pas, nous allons faire ça en petit comité afin de protéger ta vie privée.
Je suis désolé, mais c'est la seule manière qu'on ait d'éviter que tu formes un contrat accidentellement.
Ça me va.

DE TOUTE FAÇON, J'EN FAIS PARTIE, MAINTENANT…
END

C'EST DOMMAGE...
BOUDE
J'AIMAIS BIEN TE REGARDER FUMER.
PFF...
YÛSEI !
OUAIS ?
ÇA FAIT LONGTEMPS QUE JE NE SUIS PAS ALLÉ CHEZ TOI.
C'EST VRAI.
JE TE FAIS CONFIANCE POUR GARDER LE SECRET SUR LE CLAN, MONSIEUR LE JOURNALISTE.
JE DEVRAIS DEMANDER TA MAIN À TES PARENTS ?
C'EST QUOI CE MARIAGE ÉCLAIR ?
MAIS OUI, C'EST CONFIDENTIEL...

TU NE FUMES PAS AUJOURD'HUI ? C'EST INTERDIT ICI ?
ON N'EN A PLUS BESOIN,
TU AS LA MÊME ODEUR QUE MOI MAINTENANT.
SNIFF
......
QUAND TU N'AURAS PLUS ASSEZ DE SANG, JE TE TRANSFUSERAI LE MIEN.
JE VAIS TE FAIRE PORTER MON ODEUR AUSSI LONG-TEMPS QUE JE LE PEUX.
JE T'AI DÉJÀ DIT...
D'ARRÊTER DE DIRE CE GENRE DE TRUCS PERVERS !
'SPÈCE DE MORDEUR !
C'EST TOI LE PERVERS.
J'adore.

VOUS ÊTES FLIPPANTS, LES MORDEURS, AVEC VOTRE ÉNERGIE ET VOS POSITIONS IMPROBABLES...
TU AS RÉUSSI À TENIR LE RYTHME, JE PENSE QUE LE CONTRAT T'A RENFORCÉ PHYSIQUEMENT.
HEIN ?
TES BLESSURES PRENDRONT MOINS DE TEMPS À SE REFERMER...
TU NE POURRAS PLUS TOMBER MALADE...
AH OUAIS ? C'EST GÉNIAL.
AH !
LES MOUSTIQUES ARRÊTERONT DE M'EMBÊTER ?
ON VERRA ÇA L'ÉTÉ PROCHAIN.

LAISSE-MOI CONTINUER...
ALLEZ...
PAF
PAF
GNN !
C'EST BON !
TREMBLE
TREMBLE
JE VAIS PRENDRE LE TEMPS DE TE SOIGNER CETTE SEMAINE...
GLOUPS
GRAAH
HEIN ?...
HAA
NIARK
C'EST TOI QUI AS VOULU DE CE CONTRAT...
AAAAAAAH !!!
NE T'AVISE MÊME PAS DE T'ÉLOIGNER.

AR-
RÊTE !
AH !
JE VAIS ENCORE JOUIR...
HAA
HAA
JE VAIS CREVER DE PLAISIR !
NON... JE TE GARDERAI EN VIE.
TREMBLE
CO...
PAF
COMMENT TU PEUX...
HAA
PAF
ÊTRE SI ÉNERGIQUE...
SLURP
SLURP
JE SUIS EN PLEINE PÉRIODE, TU SAIS...
HAA...
HFF...
J'AIMERAIS SUCER TOUT TON SANG POUR POUVOIR FAIRE ÇA TOUTE LA JOURNÉE !
ALORS DONNE-MOI TON SANG À BOIRE.
JE TE FERAI À MANGER APRÈS...
PAF
NGH !
AH...
PAF

AH !
GAAH !
JE VAIS...
JE VAIS JOUIR !
.....
GNN !
PAF
NNNGHHH !!
!!
NON...
ARR...
ARRÊTE...
PLAF

JE VAIS TOUT PARTAGER AVEC TOI...
MON MITSURU...

PAF
SPLASH
SPLASH
SPLASH
HFF
HFF
GNN...
NNH !
TREMBLE
AH !
JE...
HFF ...
HFF ...
HAA
HAA
TREMBLE
ON NE FAIT QU'UN...
TREMBLE
JE FONDS EN TOI, ANNA !
TREMBLE
HAA
HAA
T'ES TROP MIGNON...
CONFUS
HAA
HAA
MITSURU...
CONFUS

TREMBLE
AH !
AAH !!
TREMBLE
PLIC
HAAAAN !
GRAB
SERRE
BOBOM
C'EST PAS VRAI !
JE SUIS DÉJÀ VENU ?
JE NE FAIS QUE JOUIR...
PLOC
FRISSON
TOUT CE QUE TU TOUCHES...
TOUT EST SI BON...
FRISSON
BOBOM

HFF...
HFF...
SNIFF
AH !
BOBOM
HA AN...
HAN...
FRISSON
HAA
FRISSON
HAA
TON SANG, ANNA...
JE LE SENS...
TREMBLE
HA AN...
TREMBLE
AH !
BOBOM
BOBOM
TREMBLE
C'EST... CHAUD !
HFF...
HFF...
BOBOM

NON...
FAIS-MOI VENIR, ET VITE...
SWIP
JE VAIS TE FAIRE MIEN, MITSURU.
CROC
C'EST À MOI QUE TU VAS APPARTENIR, ANNA.

NON...
CROC
ARRÊTE !
C'EST PARCE QUE J'AI BU BEAUCOUP DE TON SANG...
FRISSON
HMM !
HAA
JE FAIS UNE ANÉMIE ?
OUI.
HAA
MITSURU.
JE VAIS T'OFFRIR...
AUTANT QUE CE QUE TU M'AS DONNÉ.
....!
HAA
HAA
TU NE VAS PLUS POUVOIR TE PASSER DE MOI...
C'EST VRAIMENT CE QUE TU VEUX ?

FRSH
NN GH...
SERRE
FRSH
HAAN...
AH, C'EST...
FRISSON
HAA
HAA
C'EST BON...
TA SALIVE...
J'A-DORE...
CE QUE TU ME FAIS...
GLOU
GLOU
GLOU
SWIP
NNGH !
GLOU
J'AI TANT ATTENDU...
....!
HFF...
EN-CORE...
HFF...
HFF...
AH !
ARRÊTE !
JE...
GLOU
JE VAIS JOUIR !
PLOC
!
CONFUS
HAA
HAA
NN GH...
A...TTENDS... ANNA...
JE NE TIENS PLUS...
PLAF
HAA
HAA
C'EST À CAUSE DE TA SALIVE ?
GLOU

HFF
NNGH...
HFF
T'ES BON...
MITSURU, J'EN VEUX PLUS...
SLURP
FUIP
JE T'AIME,
MITSU-RU.
AH,
ANNA...
JE T'AIME.
ANNA...
FRISSON
MOI AUSSI, JE T'AIME... !
CROC
...!!
HA...
HAAN !!
GLOU
GLOU
GLOU

GRAB
SMACK
...!!
SLURP
SLURP
SLURP
NGH !
HAA...
AH !
SLURP
HFF
HFF
ANNA...

ÇA VEUT JUSTE DIRE QUE TU M'AIMES TELLEMENT QUE TU EN PERDS LA RAISON, NON ?
C'EST CE QUE JE COMPRENDS, EN TOUT CAS.
JE T'AI DIT QUE JE VOULAIS LE FAIRE, ALORS ACCEPTE-LE !
EN RETOUR, TU N'AURAS QU'À ME PROTÉGER POUR LE RESTANT DE TES JOURS !

Même si je ne voulais que toi...
HAA
J'AI CRU QUE J'ALLAIS DEVENIR FOU RIEN QU'EN RENIFLANT TON ODEUR...
J'AI BEAU AVOIR TOUT FAIT POUR LE CACHER...
JE RESTE UN MORDEUR, MALGRÉ MOI...
HAA
PRESSE
HAA
JE NE ME RAPPELLE MÊME PLUS LE TEMPS OÙ JE N'AVAIS PAS ENCORE BESOIN DE SANG.
JE NE VEUX PAS METTRE TA VIE EN PÉRIL À CAUSE DE MA NATURE INCONTRÔLABLE...

A... ALORS...
EST-CE QUE TU ME MORDRAIS...
FUIP
SI JE TE DISAIS QUE MOI AUSSI ?
MIT-SURU...
HAA
HAA
TROP CRA-QUANT...
TU ES TROP MI-GNON...
HAA
Et tu as l'air si délicieux...
Ce jour-là...

JE NE VEUX FAIRE QU'UN AVEC TOI...
HAA ...
...!
ROUGIT

TON SANG EST LE SEUL QUE JE DÉSIRE,
TU ES LE SEUL DONT J'AI BESOIN.
JE VEUX VIVRE À TES CÔTÉS.

Est-ce que...
je peux enfin le lui dire ?
.....
HAA
FAIT CHIER...
HAA
JE...
HAA
.....
HAA
Ça me fait mal...
T'AS TOUJOURS ÉTÉ COMME ÇA...
JE...
Je ne pourrais pas...
.....
HAA
garder ça pour moi plus longtemps.
JE T'AIME.

C'EST PARCE QUE TU ES AMOUREUX DE MOI, HEIN ?

...!!
GLOUPS
BEURK...
BEEERK... !!
BIEN FAIT POUR TOI.
LA FERME !
TU DEVRAIS RENTRER...
HAA
HAA
DÈS L'INSTANT OÙ JE T'AI MORDU, J'AI SU QUE JE NE POURRAI PLUS 'ARRÊTER...
PARCE QUE JE SUIS UN NECTAR ?
NON !!
HMM... PARDON, ANNA.
JE COMPRENDS.
JE COMPRENDS...

SI TU NE LE FAIS PAS, JE TE RAMÈNERAI QUELQU'UN D'AUTRE.
NE T'AP-PRO-CHE PAS...
Je veux son sang...
Son sang...
ANNA, SI TU NE TE DÉPÊCHES PAS...
NE ME TOUCHE PAS !
PLAF
HÉ !

PLAF
AH, T'ES RÉVEILLÉ !
GÉNIAL...
...!!
BOBOM
ESPÈCE D'IDIOT !
BOBOM
TU ES...
HMPH...
POURQUOI...
NGH...
BOBOM
Je le veux...
SUCE MON SANG.

ANNA !
BOBOM

J'ai beau l'avoir...
couvert de fumée...
POURQUOI EST-CE QUE JE SENS ENCORE SON ODEUR... ?

Donne ça à Mitsuru...
Dis-lui de ne jamais l'enlever.
Tu l'as mordu parce que tu l'aimes bien, c'est ça ?
Alors tu dois le protéger des autres mordeurs, Yû-chan.
J'ai entouré Mitsuru de l'odeur d'Annaka...
pour le protéger des autres mordeurs attirés par son nectar,
mais aussi de mon désir incontrôlable.

JE SUIS LE SEUL À POUVOIR LE SAUVER, DE TOUTE MANIÈRE...
HAA... C'EST BIEN POUR ÇA QUE JE NE VOULAIS PAS VOUS VOIR TRAÎNER PAR ICI.
SRRR
LES GENS COMME VOUS...
JE SUIS UN PRODUIT RARE MAIS JE RESTE UN HOMME.
ÇA NE POSE PAS PROBLÈME,
ON PEUT CONVAINCRE LE CLAN.
LES VŒUX DU JEUNE YÛSEI ONT TOUJOURS ÉTÉ LA PRIORITÉ DU CLAN ANNAKA.

SI C'EST À CAUSE DE VOTRE SANG.
JE VOIS... OÙ EST-IL ?
IL NE LUI RESTE PLUS BEAUCOUP DE TEMPS.
DÈS QU'UN CONTRAT EST FAIT, LE SANG DOIT ÊTRE ÉCHANGÉ RÉGULIÈREMENT.
VOUS SEREZ LIÉS POUR LA VIE.
SI L'UN DES DEUX MEURT, L'AUTRE NE TARDERA PAS À SUIVRE...
VOS DESTINS SERONT RATTACHÉS.
ÇA VOUS CONVIENT TOUT DE MÊME ?
VOUS ME DITES QU'IL N'AURAIT BESOIN DE PERSONNE D'AUTRE QUE MOI, C'EST BIEN ÇA ?

POUR FAIRE COURT, SA PÉRIODE DE REPRODUCTION EST ARRIVÉE PLUS VITE QUE PRÉVU...
NOUS N'EN CONNAISSONS PAS LES CAUSES POUR LE MOMENT.
SI C'EST LE STRESS, OU SI C'EST À CAUSE DU NECTAR QU'IL A GOÛTÉ...
OU ALORS...

BOBOM
JE LE VEUX !
BOBOM

PRÉPARE LE TRAN-QUILLI-SANT.
B...
BIEN !
PARS...
MITSU-RU...
BOBOM
ANNA !
HFF
HFF
ÉLOIGNE-TOI...
BOBOM
ANNA !
NGH
BOBOM
MITSURU...
NGH
TON SANG...
NGH ...
HFF ....
JE LE VEUX !

AOUCH !
HFF...
HFF ...
NNGH
ZPLAF
BOBOM
MITSU-RU...
HFF ...
HFF ...
SERRE
ANNA !
J'AI DU MAL... À RESPI-RER...
BOBOM

CE QUE YÛSEI VIENT DE FAIRE EN FAIT PARTIE.
D'AC-CORD,
JE VOAH !
GRAB
ANNA ?
QUOI ?
SLURP
A...
ARRÊTE, ON EST EN PUBLIC !
HÉ !

YÛSEI !
ANNA ?
DÉSOLÉS POUR L'ATTENTE.
LE CLAN KURAMOCHI EST EN CHEMIN.
QUELS DÉGÂTS...
J'ESPÈRE QU'IL EST ENCORE EN VIE.
VOUS ALLEZ LE PUNIR SELON LES RÈGLES DES MORDEURS ?
OUI, LE CLAN ANNAKA A PAS MAL DE PREUVES CONTRE LUI.
LES DÉTAILS NE SONT JAMAIS DIVULGUÉS, MAIS TOUT LE CLAN RISQUE DE SÉVÈRES SANCTIONS.

HA HA...
POUR QUI TU TE PRENDS ?
!
ME PARLER D'INS-TINCT...
ET TOI...
ALORS... ?
T'ES PAREIL QUE MOI...

BLAM
BROOM
BROOM
...!!
LES MORDEURS, VOUS EN FAITES TOUJOURS BEAUCOUP TROP...
ON A JUSTE UN PEU PLUS DE FORCE QUE LA MOYENNE.
TU ARRIVES À BOUGER ?
OUAIS...

ARGH...
PLAF
CHOPPE
TU SAIS...
TU NE COMPRENDRAS JAMAIS RIEN TANT QUE TU AGIRAS SELON TON INSTINCT....

Anna...
VSH
PAF
SI TU VEUX QU'IL T'AP-PARTIENNE, TU DEVRAIS PASSER UN CONTRAT !
PLAF
AU LIEU DE TE RETENIR, À SUCER DU SANG DE VULGAIRES DONNEURS,
EN LE LAISSANT DE CÔTÉ !
FWOOSH
VSH

TU PENSES QUE ÇA ME DONNERA ENVIE DE BAISER UN GARS, MOI AUSSI ?
MITSURU...
NE SE FERAIT JAMAIS TOUCHER PAR UNE SALE BÊTE COMME TOI !

JE ME SENS DÉSOLÉ POUR CETTE FEMME SUR LAQUELLE J'EN AI FAIT L'EXPÉRIENCE...
NIARK
Chika était en contrat avec Kudô ?
C'est pourquoi elle est morte quand elle s'est fait mordre par un autre...
FRISSON
ET PUIS JE VOULAIS CONNAÎTRE LE GOÛT DU NECTAR...
QUI ÉTAIT YÔJIRÔ KURAMOCHI !
COMMENT C'EST, YÛSEI ?

OUAH !
FWOUSH
SCRIII
T'ES VRAIMENT UN SACRÉ MALADE,
HA HA !
C'EST TOI QUI AS MORDU LA FEMME DE KUDÔ, HEIN ?!
!!
YÛSEI, TU NE CROIS QUAND MÊME PAS TOUT CE QU'ON RACONTE ?!
J'AVAIS JUSTE BESOIN DE COMPRENDRE COMMENT FONCTIONNE L'INSTINCT DES MORDEURS !
BAM

PAF
TAP
VSH

smoky nectar
5

C'EST UN SACRÉ NIVEAU DE POSSESSIVITÉ, TU NE TROUVES PAS ?
C'est la raison pour laquelle...
C'EST COMME SI ON LEUR DISAIT QU'ILS DEVRAIENT MIEUX MOURIR,
PLUTÔT QUE D'APPARTENIR À QUELQU'UN D'AUTRE.
la salive d'un mordeur peut agir comme du poison.

Elle a été retrouvée avec des marques de morsure dans le cou...
Le sang était coagulé dans le corps.
Je n'ai pas besoin que tu sois respon-sable de ma vie.
Ces deux personnes qui se sont mutuelle-ment donné leur sang vont expéri-menter quelques change-ments...
Les humains liés par un contrat symbio-tique...
MEURENT S'ILS SONT MORDUS PAR UN AUTRE MORDEUR ?
OUI.

2

smoky nectar

Akira Minazuki

LES HUMAINS LIÉS PAR UN CONTRAT SYMBIOTIQUE…
MEURENT DÈS L'INSTANT OÙ ILS SONT MORDUS PAR UN AUTRE MORDEUR.

ATTENDS LÀ, MITSURU…
JE VAIS LUI GRAVER LES RÈGLES DANS SON CRÂNE DE GOSSE.
LES MORDEURS NE PEUVENT PAS ALLER À L'ENCONTRE DE LEURS INSTINCTS PRIMAIRES…
HASEGAWA, TU SAIS TRÈS BIEN POURQUOI YÛSEI ÉTAIT SI DÉSESPÉRÉ DE TE GARDER CACHÉ.

IL A L'AIR DÉLICIEUX, ÉVIDEMMENT...
ET IL ME DONNE ENVIE DE LE FAIRE MIEN...
C'EST ÇA, L'INSTINCT D'UN MORDEUR ?
COMME SI T'AVAIS UNE CHANCE DE L'AVOIR...
GRR
HI HI, JE NE CHERCHE PAS À FAIRE UN CONTRAT AVEC.
JE VOUDRAIS JUSTE BOIRE UN PEU DE SON SANG...
JE NE SUIS PAS SÛR DE POUVOIR EN RESTER À UNE SIMPLE LÉCHOUILLE...

SPLAS
HÉ ! ARRÊTE ÇA ! LA HONTE !
M'ENFIN... JE COMPRENDS CE QUE TU RESSENS.
JE VOULAIS JUSTE VOIR UN NECTAR DE PLUS PRÈS...
T'AS VRAIMENT VISÉ LE HAUT DU PANIER...

TU ES BLESSÉ ?
PFIOU...
JE SUIS SOU-LAGÉ ...
BOBOM

J'AI EU CHAUD...
FÉLICITE-MOI UN PEU, J'AI FAIT LE NETTOYAGE PAR ICI.
TU MÉRITES UN CHÂTIMENT.
POURRI GÂTÉ.
BOBOM
BOBOM
A...
AN...
NA...

HAA
PAS ENCORE… ALLEZ, LAISSE-MOI Y GOÛTER UN PEU.
DE TOUTE FAÇON, IL N'EST PAS SOUS CONTRAT, HEIN ? CRÉTIN !
SLURP
CHOPPE
OH !

TAP
HAA
TU TE FOUS DE MA GUEULE ?
HAA
MITSU-RU !
VSH
TU NE T'ES PAS LAISSÉ MORDRE, HEIN ?!

FWOUSH
VSH
BOOM

Je suis un nectar...
LE LAISSER SE FAIRE BAVER DESSUS...
BOBOM

AVEC QUI TU PENSES QUE YÛSEI FERA UN « CONTRAT SYMBIOTIQUE » ?
MURMURE
Si Anna veut me protéger ...
BOBOM
HAA
S'il me désire...
BOBOM
CRAC
HAA
HA...
BOBOM
C'est parce que...
DOMMAGE POUR YÛSEI...
SE FAIRE VOLER SON PLAT PRÉFÉRÉ PAR UN AUTRE...

POUR YÛSEI, TU ES COMME UNE BONNE PÂTISSERIE !
FRSH
GRAB
TU ES À CROQUER, MÊME LE VENTRE PLEIN...
BLAM
SHRR
IL AURA BEAU TE SUCER, ÇA NE LUI SUFFIRA JAMAIS...
IL N'ARRIVERA JAMAIS À SE CONTRÔLER.
MÊME LA GORGE SÈCHE, IL SERA TOUJOURS ATTIRÉ PAR TOI.
FRSH
FRSH
DIS...
ARGH
SCRATCH
Un dessert ...

Où sont passés tous ces gens ?
ANNA M'A DIT QU'UN SEUL VERRE DE SANG...
LUI SUFFI-SAIT...
« ANNA » ? AH, TU PARLES DE YÛSEI.
C'EST LE MINIMUM QU'UN VAMPIRE DOIT BOIRE POUR SURVIVRE...
.....
MAIS...
BOBOM
BOBOM
Hein ?
MAIS TU SAIS CE QU'ON DIT, HASEGAWA. IL Y A TOUJOURS DE LA PLACE POUR LE DESSERT.

CES DEUX PERSONNES QUI SE SONT MUTUELLEMENT DONNÉ LEUR SANG,
VONT EXPÉRIMENTER QUELQUES CHANGEMENTS DANS LEURS CORPS ET NE SAURONT PLUS VIVRE L'UNE SANS L'AUTRE...
ELLES SERONT TOUTES LES DEUX SOUS L'EMPRISE DE CE QU'ON APPELLE UN « CONTRAT SYMBIOTIQUE ».

CLAC
LORSQU'UN MORDEUR SUCE UNE GROSSE QUANTITÉ DE SANG D'UNE PERSONNE DURANT SA PÉRIODE DE REPRODUCTION...
IL FINIT PAR LUI DONNER SON SANG EN RETOUR, AFIN DE GARDER EN VIE LE DONNEUR CHOISI.

BOBOM
UN CONTRAT ?
!
Qu'est-ce qu'il dit... ?
Ouah...
J'ai mal à la tête d'un coup...
QU'EST-CE QUE TU M'AS FAIT... ?
HÉ HÉ HÉ, PAS DE PANIQUE... JE T'AI PRÉVENU...
JE VAIS TOUT TE DIRE.

CLANG
ON NE SORT PAS ENSEMBLE !
HEIN ?
MAIS VOUS LE FAITES À DEUX, NON ?
SLUUURP
HMM… C'EST TEEELLEMENT DOMMAGE.
SON ODEUR DOIT SE MÉLANGER À TON GOÛT…
HA HA ! JE TE LE DEMANDE PAR CURIOSITÉ.
EN QUOI ÇA TE CONCERNE ?!
EH BAH… QUEL DÉPRAVÉ…
PARCE QUE SI VOUS SORTEZ ENSEMBLE, YÛSEI VOUDRA SANS DOUTE FAIRE UN « CONTRAT » AVEC TOI…

JE TROUVAIS ÇA BIZARRE QU'ILS VEUILLENT AUTANT GARDER LA MAIN MISE SUR UN NECTAR MASCULIN...
MAIS JE COMPRENDS MIEUX MAINTENANT QUE JE T'AI RENCONTRÉ.
NIARK
VOUS... SORTEZ ENSEMBLE.
!!
ET JE NE PARLE PAS DE TON AMULETTE,
JE PEUX SENTIR L'ODEUR DE YÛSEI SUR TON CORPS, HASEGAWA.
ROUGIT
......

UN MORDEUR PEUT NAÎTRE DE L'UNION D'UN MORDEUR ET D'UN NECTAR.
C'EST POURQUOI LES CLANS QUI VEULENT PRÉSERVER L'EXISTENCE DES MORDEURS SONT SI DÉSESPÉRÉS D'EN TROUVER.
......
YÛSEI EST LE SEUL MORDEUR DE LA FAMILLE ANNAKA, NON ?

ALORS ?
NE SOIS PAS SI PRESSÉ, JE VAIS TOUT TE RACONTER.
LE NECTAR EST LA BOISSON PRÉFÉRÉE DES MORDEURS.
CE SONT DES HUMAINS QUI ONT LE SANG QUE L'ON DÉSIRE LE PLUS...
MAIS ILS SONT TRÈS RARES...
ATTENDS ! CE N'EST PAS LA SEULE RAISON...
HEIN ?
IL ME TRAITE COMME UNE SPÉCIALITÉ RARE ?
Ça me refroidit...
« RARE » ? IL NE DOIT PAS Y AVOIR BEAUCOUP DE MORDEURS NON PLUS.

Pas même par moi...
BLA
BLA
IL NE DEVRAIT RIEN TENTER ICI, C'EST REMPLI DE MONDE.
Ils me disent tous ce qu'ils ont envie que j'entende,
alors j'écoute son histoire, et je trouve le moyen de me barrer fissa.
PFUAH ! C'EST BON ÇA ! J'ADORE LES CHOSES SUCRÉES !

DIS-LEUR QUE LEUR SECOND FILS AGIT À SA GUISE SANS RESPECTER LES RÈGLES !
J'aurais dû ignorer les prétendues alliances entre les clans...
Si je l'avais soupçonné dès le début...
MPH...
Mitsuru...
Ne te fais pas attraper.
Ne te laisse berner par personne...

JE M'APPELLE YÔJIRÔ KURAMOCHI.
TU NE VEUX PAS EN SAVOIR PLUS ? SUR LES MORDEURS... ET SUR TOI ?
J'AI LES RÉPONSES À TOUTES TES QUESTIONS.
VROOOM
JE SUIS SUR LE CHEMIN !
MACHIYA, RETOURNE VOIR MITSURU !
INFORME UN MEMBRE DU CLAN KURAMOCHI !

AS-TU DÉJÀ ÉTÉ MORDU PAR YÛSEI DURANT SA PÉRIODE DE REPRODUCTION ?
....!?
NON...
JE VOIS, DONC TU SAIS EN QUOI CONSISTENT CES PÉRIODES.
JE ME DEMANDE CE QU'IL A BIEN PU TE RACONTER...
TU APPARTIENS AU CLAN ANNAKA MAIS ILS NE T'ONT RIEN DIT DU TOUT ?
GRRR
JE VAIS LE...
C'EST VOUS QUI CACHEZ DES CHOSES !
QU'EST-CE QUE VOUS AVEZ À PARLER AUX GENS COMME ÇA, D'ABORD ?
À ME TUTOYER COMME SI VOUS ME CONNAISSIEZ !
HA HA, PARDON, « HASEGAWA ».
...

UN MORDEUR...
AH.
ÇA VEUT DIRE QUOI « NECTAR » ?
TU L'AS COMPRIS ? T'ES FUTÉ.
Je ne devrais pas l'attirer pourtant, avec mon amulette...
SLIP
Est-ce qu'il m'attendait ?
OH... DONC TU N'ES PAS AU COURANT POUR LES NECTARS ?

C'est parce que...

...!!
Du nectar ?!
Le nectar est bien trop puissant pour un mordeur mineur...
Que...
Quoi ?
C'est comme donner du miel à un nourrisson !
Alors... c'est pour ça que tu le collais autant !
....!
Ne vous en faites pas, la fièvre disparaîtra après une bonne journée de repos.
Sa salive n'est pas encore empoisonnée, Mitsuru ne devrait pas garder de séquelles.
FUIP
Alors qu'est-ce que c'est ?
Tu l'as mordu parce qu'il sentait bon ?
.....
Non...
Ben...

J'ai...
J'ai léché...
le sang de Mitsuru.
?! Yû...
Je vois, d'où la fièvre.
Hein ?
C'est une simple supposition...
mais je crois que le sang de Mitsuru est du nectar...

Il n'a pas l'air bien depuis qu'il est rentré de l'école...
C'est rare pour un mordeur d'avoir de la fièvre.
Oui.
Alors, Yû-chan, il t'est arrivé quelque chose aujourd'hui ?
......
Ne te mets pas en colère...

smoky nectar
4

2

smoky nectar

Akira Minazuki

LE VOILÀ, LE PRÉCIEUX NECTAR DU CLAN ANNAKA.

......
QUI ÊTES-VOUS ?
SOURIT

Ne me dites pas que tout son clan le protège ?
QU'EST-CE QUI M'A PRIS DE M'ENFUIR COMME ÇA ?
HAA
J'AURAIS PU LUI SOUTIRER QUELQUES INFORMATIONS...
Quel idiot.
HÉ, TOI ! ATTENDS !
HEIN ?
AAH... ON SE RENCONTRE ENFIN.

FWIP
Je ne voulais pas y croire...
mais il y a certainement un mordeur d'un des clans qui a brisé les règles.
Ça ne fait aucun doute.
Pourquoi nous n'avons aucune trace de lui ?

Ça m'énerve de savoir qu'Anna est entouré de ce genre de types !
J'AI JAMAIS DIT QUE JE VOULAIS QUE TU ME PROTÈGES !
IL EST REPARTI.
PAS DE MOUVEMENTS CHEZ LES AUTRES CLANS POUR LE MOMENT.
Mets vite fin à tout ça.
T'ES VENU ME VOIR, MITSURU ?

EN PARTICULIER CEUX DANS VOTRE GENRE.
DÉSOLÉ POUR LE DÉRANGEMENT !
FUIP
Merde, c'est qui, lui ?
Pff, je suis un journaliste.
J'ai l'habitude d'être traité comme ça.

NE PANIQUEZ PAS.
JE FAIS PARTIE DU CLAN ANNAKA.
JE SUIS MACHIYA.
J'AI ÉTÉ ENGAGÉ POUR ÊTRE VOTRE GARDE DU CORPS.
Yukiichi Machiya
EUH...
JE VOUS EN SUIS RECONNAISSANT.
PAS BESOIN D'ÊTRE SI POLI, C'EST MON TRAVAIL.
D'AC-CORD...
PERSONNELLEMENT, JE N'AIME PAS LES GENS QUI TRAÎNENT AUTOUR DES CLANS.

Je me demande s'il ne voudrait pas...
me faire sentir unique à ses yeux.
J'Y SUIS.
YÛSEI N'EST PAS LÀ.
!

RAAAH !
SURSAUT
BLAM
Il me manque un peu...
Pourquoi est-ce que j'ai envie de le voir ?!
QU'EST-CE QU'IL Y A ?
TU AS ÉTÉ EMPOISONNÉ OU QUOI ?
Pas le choix...
N'importe qui ayant goûté à un tel plaisir, s'étant fait si bien touché,
DEVIENDRAIT TOTALEMENT ACCRO...

Après ça,
ALORS TU AS PERDU TOUT INTÉRÊT ?
HA HA HA, UN PEU, OUI...
Il n'y a plus eu d'articles sur la mort de Chika...
et l'intérêt pour l'affaire s'est dissipé...
Je me demande si les personnes influentes des clans ont réussi à manipuler les informations ?
UNE PERSONNE EST MORTE, TOUT DE MÊME...
ズズ...
SRRR
JE NE VEUX PAS LAISSER ÇA COULER...
Je n'en ferai pas un article, je veux simplement connaître la vérité.
Même si Anna ne peut rien me dire, je tâcherai de la trouver.
Je ne l'ai toujours pas revu depuis.
Il n'est pas très bavard quand il est occupé.

TU N'ES PLUS UN ENFANT.
OH,
TU AS ABANDONNÉ TON ARTICLE SUR LES MORDEURS ?
HAA…
ILS ONT DIT QUE LA MORT ÉTAIT DUE À UNE MALADIE, ALORS BON…
QUOI ?! C'EST UN PEU TARD POUR JUSTIFIER ÇA COMME ÇA, NON ?!

TU L'AS ENFIN FAIT ?
ALORS QUE TU LUI AVAIS AUSSI DONNÉ CETTE AMULETTE POUR LE PROTÉGER DE TOI...
QU'EST-CE QUE TU VAS FAIRE PENDANT TA PÉRIODE DE REPRODUCTION ?
LA FERME. JE GÈRE.
Non.
Je savais que ça allait poser problème, mais je n'ai pas réussi à me retenir.
Son sang avait l'air extrêmement délicieux...
RÉFLÉCHIS AVANT D'AGIR.

POURQUOI JE DEVRAIS LE SURVEILLER ? LAISSE-MOI VIVRE, UN PEU...
C'EST TON TRAVAIL,
MACHIYA.
CELUI QUI DONNE LES INSTRUCTIONS DEVRAIT PRENDRE SES RESPONSABILITÉS AUSSI.
JE T'AI DIT QUE J'ÉTAIS DÉSOLÉ DE T'AVOIR FAIT UN FAUX PLAN...
EN PARLANT DE ÇA...
TU NE POUVAIS PAS TE RETENIR ?
SURSAUT

Depuis tout ce temps, tu ne fais que me protéger.

NE ME DÉSIRE PAS AUSSI FORT QUE ÇA...
Ça me donne envie de tout te donner.
Si jamais c'est la seule chose que je peux faire...
Je le ferai.
C'EST BIEN TOI QUI L'AS DIT...
« IL EST MIEN ».

Donne-moi ton cul,
Mitsuru.
IL CONTINUE DE FAIRE COMME SI C'ÉTAIT MOI QUI LUI APPORTAIS QUELQUE CHOSE...
ALORS QU'IL EST LE SEUL À M'AVOIR TOUJOURS SOUTENU...
IDIOT.

Non !
C'est gênant et sale !
Reste calme, ça va aller.
Attends,
Anna !
Je veux te la mettre.
Non, ne le rentre pas !
Si, je vais le faire.
J'ai l'impression...
de devenir fou...

CLAC
バタン
SNIFF
すう.
C'est l'odeur d'Anna.
La fumée qu'il souffle toujours sur moi.

FRSH
ANN…
JE NE VEUX PAS FAIRE DE TOI UN DONNEUR.
COMME TU M'AS DONNÉ TON SANG, LA MAISON ANNAKA VA DORÉNAVANT VEILLER SUR TOI.
TU ATTIRES VITE LES INSECTES…

FFH...
COMME ÇA, D'AIL-LEURS.
!
NOUS SOMMES SENSIBLES AUX ODEURS.
JE FAIS ÇA EXPRÈS POUR LEUR FAIRE COMPRENDRE QUE TU M'APPARTIENS.
C'EST POUR TE PROTÉGER DES AUTRES MORDEURS.

MERCI DE M'AVOIR RACCOMPAGNÉ... ET POUR LE REPAS AUSSI.
FRSH
CLIC
C'EST LA MOINDRE DES CHOSES.
FAIS ATTENTION À TOI, MITSURU.
NE PERDS JAMAIS CETTE AMULETTE
JE CROYAIS QUE C'ÉTAIT POUR ÉLOIGNER LES MAUVAIS ESPRITS ?
FFFH...
C'EST UN ANTIMOUSTIQUES.

MERCI.
JE SUIS DÉJÀ HEUREUX D'AVOIR REÇU AUTANT DE TA PART AUJOURD'HUI.

NOUS SOMMES AMIS MAIS JE NE VEUX PAS QU'ON AIT UNE RELATION AVEC CE GENRE DE BÉNÉFICES.
JE NE VEUX PAS BRISER NOTRE AMITIÉ.
ARRÊTE DE FAIRE LE TIMIDE.
ON EST DE VRAIS AMIS, ENFIN, C'EST CE QUE JE PENSE...
C'EST POUR ÇA QUE...
J'aimerais t'aider...

LAISSE TOMBER...
NE ME FAIS PAS CETTE TÊTE-LÀ.
CRII
JE N'AI PAS BESOIN QUE TU SOIS RESPONSABLE DE MA VIE,
ET JE N'EN AI PAS ENVIE NON PLUS.

JE REFUSE.
POURQUOI ?!
TU AS DÉJÀ UNE COPINE, PEUT-ÊTRE ?
NON. ÇA N'A RIEN À VOIR AVEC LES DONNEURS.
C'EST MOI QUI DEVRAIS TE DEMANDER POURQUOI...
TU VEUX TE LAISSER BOUFFER POUR M'AIDER À CALMER MES ENVIES PHYSIOLOGIQUES ?!

LEURS BLESSURES SE REFERMENT FACILEMENT...
TU M'AS DIT QUE TU ME TROUVAIS BON ?!
JE NE TE SUFFIT PAS ?
Pourquoi est-ce que je lui dis ça...
En fait...
Je préfère être le plus important pour lui,
plutôt que de le laisser faire avec quelqu'un qu'il ne connaît pas...
JE VOIS...

JE VEUX QUE TU SUCES MON SANG DURANT TES PÉRIODES DE REPRODUCTION !
.....
HEIN ?!
TU AIMES LES HOMMES AUSSI, NON ?
J'AI... J'AI VRAIMENT DE LA PEINE POUR LES FEMMES...
QUE TU BLESSES À CHAQUE FOIS...
Ouah... Qu'est-ce que je raconte.. ?
Il s'est refroidi !
HORS DE QUES-TION.

Ne me dis pas que tu fais la même chose avec les donneurs aussi ?
Aussi doux envers les gens à qui il effacera la mémoire...
MAIS...
MAIS OUI, ANNA ?!
ZBAM
がばっ

HA HA !
....!!
Il ne fait que me caresser depuis tout à l'heure !
NE TE METS PAS EN COLÈRE, MITSURU...
Pourquoi il est si à l'aise ?
Il est toujours si doux après avoir fait l'amour ?!
At-tends...

CES INFORMATIONS SONT CONFIDENTIELLES, NON ?! À LA BASE, JE M'INTÉRESSAIS À L'ENQUÊTE CAR JE VOULAIS PROUVER QUE TU N'ÉTAIS PAS LE MEURTRIER.
TU AS QUAND MÊME USÉ DE TON CORPS POUR PÊCHER DES INFORMATIONS...
FUIP
HÉ !
FRISSON
OH...
AU FINAL, J'AI JUSTE DÉCOUVERT QUE TU ÉTAIS UN MORDEUR, TOI AUSSI...
QUEL IDIOT.
PLAF
T'ES ENCORE SI SENSIBLE...
MPH !
TREMBLE
TREMBLE
CRÉTIN !
J'AI L'IMPRESSION QUE ÇA T'A UN PEU PLUS AFFECTÉ QUE PRÉVU...

Anna ne me dit pas tout,
mais m'a tout de même parlé des «clans».
Il doit me faire sacrément confiance ...
......
HI HI
HM ?
POURQUOI EST-CE QUE TU SOURIS NIAISEMENT ? TU AS DE LA MATIÈRE POUR UN ARTICLE ?
HEIN ?!
PAS DU TOUT !

IL EXISTE DES MORDEURS NÉS EN DEHORS DES CLANS, BIEN AVANT QUE LE SYSTÈME NE SOIT IMPLANTÉ.
CES DÉVIANTS NE CONNAISSENT PAS LES RÈGLES ET SUCENT LE SANG DES HUMAINS SANS RETENUE.
MAIS JE PEUX T'ASSURER QUE KUDÔ N'EST PAS LE MEURTRIER.
C'EST POUR ÇA QU'ON M'A TÉLÉPHONÉ.
IL VA FALLOIR REPRENDRE L'ENQUÊTE DE ZÉRO.
OUAIS...

AUTRE CHOSE, C'EST QUE LES NAISSANCES SONT RARES, DONC CONTRÔLÉES.
FRSH
JE NE PEUX PAS RENTRER DANS LES DÉTAILS, MAIS IL FAUT RESPECTER UNE CERTAINE DIVERSITÉ.
.....
HMM...
FRSH
FRSH
C'EST POUR CES RAISONS QUE TOUT A ÉTÉ FAIT POUR QU'AUCUN AC-CIDENT NE SE PRODUISE.
DES DONNEURS DE SANG SONT SCRUPULEUSEMENT SÉLECTIONNÉS ET LEUR LISTE EST PARTAGÉE ENTRE LES MAISONS...

LES MORDEURS ONT UNE CAPACITÉ DE REPRODUCTION TRÈS LIMITÉE...
IL N'EN EXISTE QUE TRÈS PEU PAR GÉNÉRATION NÉS DANS DES LIGNÉES SPÉCIFIQUES.
ON APPELLE CES LIGNÉES DES «CLANS». CEUX-CI COLLABORENT ET SE SURVEILLENT MUTUELLEMENT AFIN DE S'INTÉGRER CONVENABLEMENT À LA SOCIÉTÉ.
LA PREMIÈRE RAISON QUI FAIT QUE LES MORDEURS PEUVENT SE REPRODUIRE AUSSI LIBREMENT...
FFFFH
C'EST QU'IL Y A DES PERSONNES TRÈS INFLUENTES DANS LES CLANS.
COMME DES POLITICIENS ?
JE TE LAISSE IMAGINER CE QUE TU VEUX.

smoky nectar
3

L'EMMENER À L'HÔTEL ET IGNORER NOS APPELS...
VOUS ÊTES BIEN IMPRUDENT, JEUNE HOMME.

HAA...
N'IMPORTE QUOI...
C'EST FRUSTRANT, HEIN, MONSIEUR MACHIYA ?
ÉVIDEMMENT... IL NOUS APPELLE ET NOUS LAISSE EN PLAN.
TCHAC
LA FAMILLE ANNAKA VA S'OCCUPER DE L'INCIDENT AVEC KUDÔ.
TRÈS BIEN.
J'EN TOUCHERAI DEUX MOTS À YÛSEI.
CLAC

smoky nectar

Akira Minazuki

Sûrement un autre mordeur...
QUOI ?
BIEN... JE TE RAPPELLE QUAND JE SUIS LÀ-BAS.
ピッ
BIP
QU'EST-CE QU'IL Y A ?
......
LE GARS QUE T'AS TROUVÉ N'EST PAS LE COUPABLE.
QUELQU'UN D'AUTRE A TUÉ CETTE FEMME.

BIP
AH... OUI...
QU'EST-CE QUE TU FOUS À TE BARRER AVANT QUE LES GENS SE POI ENT ESPÉ E
FRSH
GUEULE
BIP
JE NE CROIS PAS QUE TU DEVRAIS LE MUTER...
BIP
.....
ON ARRIVE SUR PLACE ET ON VOIT
CLIC
CLIC
OUAIS, DÉSO-LÉ.
BLA BLA BLA
DÉSOLÉ ! J'AI EU UNE URGENCE... J'ÉTAIS LÀ JUSTE AVANT QUE VOUS ARRIVIEZ...
BLA BLA BLA
C'est la personne qui devait le rejoindre au parc ?
JE VOIS...
BLA BLA BLA
VOUS AVEZ TROUVÉ QUELQUE CHOSE ?
Quel-qu'un de lié à l'af-faire...

AAH…
MERDE, DÉSOLÉ… JE N'AI PAS PU M'ARRÊTER.
Marmonne
JE SAVAIS BIEN QUE C'ÉTAIT UNE MAUVAISE IDÉE…
….?
NE T'EN FAIS PAS… J'AI L'HABITUDE DE DONNER MON SANG.
NIARK
ET PUIS C'EST PARCE QUE J'ÉTAIS BON, C'EST ÇA ?
D'ACCORD, DONC TU ES VRAIMENT CONTENT QUE JE T'AIE COMPLIMENTÉ…
VRR
VRR

JE… JE TE DIS QUE JE N'AI PAS BESOIN DE SAVOIR TOUT ÇA !
PAF
OUAIS…
CONFUS
!
!
MITSURU…
PLAF
DANS LES VAPPES
…..
DIS…
TU M'AS DIT QUE TU N'AVAIS BESOIN QUE D'UN PETIT VERRE DE SANG…
MAIS TU AS SUCÉ PLUS QUE ÇA, NON ?
…..!
JE PENSE, OUI…

Comment est-ce qu'il arrive à jouer avec mon cul dans une situation pareille ? Hein ? C'est normal de baiser un gars comme ça ? Pfiou, je suis content d'être journaliste, je vais pouvoir m'en rappeler dans les moindres détails ! C'est une expérience unique « Les mordeurs existent ! Goûtez au plaisir féroce de leur salive empoisonnée ! »... Attendez, je viens de coucher avec lui, là ? C'était vachement bon mais...
AAH...
RAAH !
JE PEUX PAS !
TADAM
AÏE !
FWIP
DÉJÀ DEBOUT ? TU SAIS BIEN EN-CAISSER, TOI.
PAS VRAI-MENT, NON...
Allonge-toi.
Je ne peux plus m'asseoir...
FRSH
JE LE SAVAIS.
MERCI D'AVOIR ACCEPTÉ.
POUR-QUOI TU ES SI GEN-TIL ?
JE N'AIME PAS QUE TU ME CACHES DES CHOSES, MAIS J'AURAIS VOULU NE PAS CONNAÎTRE CETTE PARTIE DE TOI...
NE T'APPROCHE PAS TROP, ÇA ME GÊNE.
CHUCHOTE
TU DEVRAIS ÊTRE CONTENT, J'AI ADORÉ TON SANG ET TON CORPS.
HIIIII !
SURSAUT

ABSO-LUMENT TOUT...
HAA...
Il m'a démonté...
HAA
HAA
J'AI UN PEU ABUSÉ...

!!
SLURP SLURP
GOBE
GOBE
TREMBLE
GAAAAH !!
TREMBLE
HAA
HAA
PFUAH
PUTAIN... QU'EST-CE QUE T'ES BON, MITSURU !
JE VEUX TOUT DE TOI...
NN...
TREMBLE
HMM...
TREMBLE
HEIN ?

NON !! PAS LÀ !
JE NE VAIS PAS TE MORDRE ICI.
JE NE LAISSERAI MÊME PAS MES DENTS Y TOUCHER.
ARRÊ…
JE… AH !
!
GAAH
ARRÊTE !!
A…
ANNA…
SLURP
C'EST…
ANNA !
C'EST SI BON… !
NON… !
GOBE
GOBE
SLURP
GASP
SLURP
GOBE
SLURP
NGH !
HAAAN…

TREMBLE
HAA
ALORS, C'EST NORMAL ?!
TREMBLE
HAA
TREMBLE
HAA
ATTENDS !
JE...
TREMBLE
HAA
JE ME SENS VRAIMENT BIZARRE...
BLAM
NNGH !
BOING
FRSH
NE REGARDE PAS !

PLAF
Hein ?
Qu'est-ce que...
FRSH
......
HA...
HAA...
FUIP
TREMBLE
FUIP
HAA
NNGH...
AH...
HFF...
ANNA...
T'ES... PAS SÉRIEUX...
IDIOT...
HFF...
HAA...
TREMBLE
JE ME SENS BIZARRE...
C'EST NORMAL ?

ANNA...
HAA
HAA
NNGH...
Il boit pas mal... Ça ira quand même ?
ARRÊTE UN INSTANT...
Je ne ressens aucune douleur...
TAP
TAP
ME... MERCI.
JE VOULAIS VOIR À QUOI ÇA RESSEMBLE.
Je n'ai même pas senti sa salive entrer en moi...

CROC
!
NN...
SLURP
SLURP
AH !

Il doit le faire avec quel-qu'un...
HFF
HÉ...
CONCENTRES-TOI... TU VEUX AVOIR LE MAXIMUM D'INFOS, NON ?
OUAH !
FUIP
SMACK
SMACK
HAAA.
JE VAIS TE MORDRE.

Un hôtel...
Anna compte vraiment le faire avec moi...
J'aurais dû m'en douter... Ils sucent le sang durant leur période de repro-duction, ça doit forcément être lié à leur libido..
Ah...
Alors ça veut dire qu'à chaque fois qu'Anna a envie de sang...

TU VAS RESSENTIR BEAUCOUP DE BIEN...
HFF
HFF
PER-VERS !
C'EST QUOI CE CLICHÉ DU VAMPIRE !
C'EST POUR DONNER ENVIE À NOTRE PROIE DE SE FAIRE MORDRE ENCORE PLUS...
HAA
NIARK
HFF
D'AC-CORD...
BON...
BOBOM
BOBOM
J'ÉCRIRAIS PLUTÔT UN ARTICLE...
SUR LA SENSATION DE SE FAIRE MORDRE...

HFF...
NN...
HFF...
Je ne lui connais pas cette expression...
J'ai l'impression de délirer, moi aussi...
SI...
SI TU M'AS-SURES QUE JE NE VAIS PAS MOURIR, TU PEUX ME MORDRE.
BOBOM
EN DEHORS DE NOTRE PÉRIODE DE REPRO-DUCTION,
GRAB
LA TECH-NIQUE DE LA FIÈVRE POUR EFFACER LA MÉMOIRE NE FONCTIONNE PAS TELLE-MENT...
GRAB
SI C'EST JUSTE ÇA... IL Y A D'AUTRES EFFETS SECON-DAIRES ?
FRISSON
IL EST SUPER TACTILE...
HMM...

HAA
OUAH...
HAA
QU'EST-CE QUE TU FAIS ?
HAA
HFF ...
MITSURU !
HFF ...
OUAH !
PLAF
HMM... PLUS RIEN NE SORT.
SLURP
NNGH...
T'EN... T'EN VEUX PLUS ?
HAA
HFF...

SLURP
SLURP
HMM...
NGH...!
SLURP
HAN...
NNGH !
BAM
BAM
!
PFUAH !
PLIC
.....
HAA
HAA
SI BON...

....!!
HÉ !
SLURP
SLURP
AN...
!
SLURP

CHOPPE

ALORS POURQUOI...
HMM...
HFF...
PARCE QUE TON SANG A L'AIR DÉLICIEUX.
A... AH BON ?
BON ALORS... SI TU VEUX JUSTE LÉCHER...
ÇA ME VA.

QUOI ?! « GOÛTER » ?
AH, JE SAIGNE ! DEPUIS QUAND ?
MITSURU...
ALORS ?
TU VEUX BIEN ?
BOBOM
VOUS AVEZ ENVIE DE SANG MÊME EN DEHORS DE VOS PÉRIODES DE REPRODUCTION ?
FUIP
NON, PARCE QU'ON N'EN A PAS BESOIN.

LAISSE-MOI...
GOÛTER TON SANG.
JUSTE UN PEU...

NNGH...
GRR
....!!
J'EN PEUX PLUS...
HEIN ?!
QU'EST-CE QUI T'ARRIVE, TU NE TE SENS PAS BIEN ?
MITSURU...

TU SAIS,
À MES YEUX..
TU RESTES ANNA.

?
JE...
T'ES BÊTE OU QUOI ? JE SUIS...
POURQUOI TU DIS ÇA ?
JE NE VOIS PAS OÙ TU VEUX EN VENIR... ÇA PROUVE JUSTE QUE VOUS EXISTEZ VRAIMENT, NON ? JE NE L'AURAIS JAMAIS CRU !
JE VAIS DEVOIR FAIRE GAFFE À NE PAS M'APPROCHER D'UN MORDEUR...
HÉ !
C'EST AUSSI POURQUOI JE VEUX QUE TU M'EXPLIQUES TOUT !
FUIP

TU N'AS PAS PEUR, TOI ?
HM ?
TU TREMBLAIS À L'INSTANT.
HAA
JE SUIS UN MORDEUR, MOI AUSSI.
JE NE PEUX PAS VIVRE SANS MORDRE D'HUMAINS.
C'EST DÉGOÛTANT, HEIN ?

SCRTCH
HÉ !
RAMASSE TON MÉGOT !
.....
OUI, OUI...
TU ATTENDS QUELQUE CHOSE EN PARTICULIER ?
HMM...
QUELQU'UN DOIT VENIR LE CHERCHER...
VIENS T'ASSEOIR, ALORS !
TAP TAP
ON NE DEVRAIT PAS PARLER DE CE GENRE DE CHOSES À HAUTE VOIX, VIENS PRÈS DE MOI.
ÇA VA, JE TE DIS...
CE PARC A ÉTÉ VIDÉ DE SES HUMAINS...
PLOC

BON, JE PENSE QUE JE DOIS ARRÊTER DE CHERCHER PLUS LOIN ALORS...
POUR ÊTRE HONNÊTE, JE SUIS UN PEU TRISTE...
JE PENSAIS QUE JE TE CONNAISSAIS BIEN MIEUX QUE ÇA...
PLOC

FHH...
IL Y A DES CAS OÙ NOTRE SALIVE DEVIENT UN POISON...
MAIS JE NE PEUX PAS TE DONNER PLUS DE DÉTAILS.
ÇA FAIT PARTIE DE NOS RÈGLES.

COMMENT EST-CE QUE CHIKA EST MORTE, ALORS ?
TU CONNAIS LA RAISON DE SON SANG COAGULÉ, JE ME TROMPE ?
IL DOIT Y AVOIR QUELQUE CHOSE QUI REND LA MORSURE D'UN MORDEUR MORTELLE, NON ?
C'est pourquoi tout à l'heure...
ton expression était si féroce...

ET POUR LE SANG, MÊME SI ON DOIT EN BOIRE QUOTI-DIENNEMENT, JUSTE UN PETIT VERRE SUFFIT.
POUR LES EFFETS SECONDAIRES, EH BIEN… LES HUMAINS PEUVENT AVOIR DE LA FIÈVRE QUAND NOTRE SALIVE PÉNÈTRE LEUR SYSTÈME IMMUNITAIRE,
MAIS C'EST AUSSI CE QUI NOUS PERMET D'EFFACER LA MÉMOIRE DES PROIES.
QUOI ?
A…AT-TENDS…
MAIS…
LA TRACE DE MORSURE DISPARAÎT PRESQUE IMMÉDIATEMENT, C'EST DINGUE, NON ?
DANS CE CAS, POURQUOI…

LA PÉRIODE DE REPRODUCTION DURE À PEU PRÈS UNE SEMAINE.
DURANT CELLE-CI, NOUS NE POUVONS AVALER QUE DU SANG HUMAIN.
NOUS NE POUVONS PAS SURVIVRE SANS BOIRE DU SANG CHAQUE JOUR.
QU... QUOI ?!
AH...
ALORS, TOI AUSSI...
TU AS DÉJÀ TUÉ DES GENS ?
EUH, NON.
HEIN ?!
MAIS SI JE SUIS CE QUE TU ME RACONTES...
LA MORSURE N'EST PAS MORTELLE.

NOUS,
LES MORDEURS …
SOMMES UNE SOUS-RACE AYANT BESOIN DE SUCER DU SANG HUMAIN POUR SURVIVRE…
DURANT LA PÉRIODE DE REPRODUCTION SEMESTRIELLE, APRÈS LE DÉVE-LOPPEMENT DE NOS CARACTÉRISTIQUES SEXUELLES SE-CONDAIRES.

ON DEVRAIT PRÉVENIR LA POLICE, NON ?
NE T'EN FAIS PAS, JE M'EN OCCUPE.
ASSIEDS-TOI.
ICI ?
OUI.
LES MORDEURS ONT LEUR PROPRE SOCIÉTÉ ET LEURS PROPRES RÈGLES.

QU'EST-CE QU'ON VA FAIRE DE LUI ?
ON L'EMMÈNE À L'HÔPITAL ?
EN LEUR DISANT QUE JE L'AI TABASSÉ ?
MAUVAIS PLAN...
NE T'INQUIÈTE PAS, IL NE RISQUE PAS DE MOURIR.
ON GUÉRIT PLUS VITE QUE LES HUMAINS.
!
AH BON...
DONC NE T'EN FAIS PAS POUR MOI NON PLUS.
Je n'avais jamais remarqué...
FRSH
JE L'AI VRAIMENT MÉNAGÉ... IL AURAIT DÛ MOURIR DÈS L'INSTANT OÙ IL A POSÉ LA MAIN SUR TOI.
MARMONNE
QU'EST-CE QUE TU RACONTES ?
RIEN DU TOUT.

smoky nectar
2

HAA
HAA
EH BIEN...
HA ?
C'EST VRAI.
DÉ.. DÉSOLÉ !
J'ai un peu abusé...
NON...
JE VAIS TOUT T'EXPLIQUER.
TU AS RAISON...
JE SUIS UN MORDEUR.

TE FOUS PAS DE MA GUEUL !
PFUAH !!!
BAM
DE NOUS DEUX...
....!!
C'EST PAS À MOI DE ME JUSTIFIER !
TU AS DES CHOSES À ME DIRE !
PLOC

PLAF
CRÉTIN !
COMBIEN DE FOIS JE TE L'AI RÉPÉTÉ ?!
NE FOURRE PAS TON NEZ DANS DES AFFAIRES SORDIDES !
QUAND EST-CE QUE TU VAS COM-PREN-DRE ?!
....
TE...

TIENS...
FUIP
スッ
ME...
REMETS ÇA.
MERCI...

smoky nectar

Akira Minazuki

Anna, tu...
TOI AUSSI...
TU ES UN MORDEUR ?

ARRÊTE, ANNA !
TU VAS LE TUER !
Ce n'est pas ça qui m'intéresse...
FRSH

QU… QU'EST-CE QUE TU VEUX ?!
PLAF
ARGH !
Hein ?
Il a perdu la tête…
BLAM
Il est de sacré mauvaise humeur, son visage reste inexpressif.
GRAB
…mais ce n'est pas sur ça que je dois me concentrer !
……
Je dois le stopper !
ARR…

OUAH !
CRAC
FRSH
Anna ?

JE VAIS TE DÉCHIQUETER.

BOUGE TES SALES PATTES DE LÀ.
C'EST QUOI CE COMPORTEMENT, HEIN ?
OSER BAVER SUR CE QUI M'APPARTIENT...
ALORS ?
JE TE PARLE.

SCRACH
NNGH !
Anna !
Voilà un mordeur...
« Je t'aurais prévenu. »
GNN !

C'est le mordeur !
LÂCHEZ-MOI... KUDÔ !
HÉ !
Merde, il est bien trop fort !
AU SECOURS...
FLAP
Je ne fais pas le poids !

ÇA GÊNAIT PLUS QU'AUTRE CHOSE...
AAH...
VSH
CLING
TU SENS ENCORE MEILLEUR SANS CE TRUC AUTOUR DU COU !
PLAF
HMPH !
C'est lui !

FWOUSH
AAAH ! JE LE SAVAIS !
CE N'ÉTAIT PAS ÇA DU TOUT !

J'AI TOUJOURS ÉTÉ EMBÊTÉ PAR LES MOUSTIQUES, ÇA DOIT ÊTRE POUR ÇA QUE J'Y FAIS SI ATTENTION...
AAH...
C'EST SÛREMENT À CAUSE DE VOTRE ODEUR, HASEGAWA.
QUOI ?
VOUS M'AVEZ DÉJÀ DIT ÇA L'AUTRE FOIS.
ÇA DOIT VENIR DE LÀ, JE CROIS QUE C'EST DU BOIS PARFUMÉ.
C'EST DINGUE QUE VOUS AYEZ RÉUSSI À LE SENTIR ! L'ODEUR EST PARTIE DEPUIS UN MOMENT, PERSONNELLEMENT JE NE LA SENS PLUS DU TOUT.
VOUS VOUS TROMPEZ.

PARDON POUR L'ATTENTE.
CE N'EST RIEN.
Je ne m'attendais pas à ce que le parc soit si vide...
Enfin, je comprends qu'il ait choisi un endroit désert pour me parler d'une telle affaire.
VOILÀ POUR VOUS.
OH, MERCI BIEN...
Je dois rester vigilant.
De toute façon, j'ai fait pas mal de musculation dernièrement donc s'il devait se passer quelque chose, je saurais réagir.
VOUS ÊTES SÛR DE VOULOIR PARLER DE ÇA ICI ?
C'EST TOUJOURS PLEIN DE MOUSTIQUES...

OUI ?
ENCORE SUR TON HISTOIRE DE MORDEURS ?
C’EST BIENTÔT FINI, OU PAS ?
J’AI RENDEZ-VOUS AVEC UNE DES PERSONNES PROCHES DU DOSSIER AUJOURD’HUI !
C’EST BIENTÔT, D’AILLEURS !
À TOUT À L’HEURE !
HÉ ! J’AI PAS FINI DE PARLER !
J’ALLAIS LUI DEMANDER DE TRAVAILLER SUR UN AUTRE ARTICLE…
PFF…
TU SAIS BIEN COMMENT IL EST…
MONSIEUR KUDÔ !

ÇA RESTE IDIOT DE VOULOIR CHERCHER LE COUPABLE TOUT SEUL…
DONNE-MOI ÇA, JE VAIS SUPPRIMER LES FICHIERS.
Il a beau faire le type en colère, il est quand même venu voir ce que je faisais.
D'ACCORD…
Pardon.
Il est si gentil…
Je vais prouver qu'il n'a rien à voir avec tout ça.
HASEGAWA !

C'est moi l'intrus...
TOI QUI ES SI FROUSSARD, POURQUOI TU T'AMUSES À ENQUÊTER SUR UNE AFFAIRE AUSSI MYSTÉRIEUSE ?
.....
JE NE CROIS PAS À LA PISTE DU SURNATUREL.
QUE CE SOIT UN « MORDEUR » OU UN CRIMINEL, LE SUSPECT EST BEL EST BIEN UNE PERSONNE PHYSIQUE.
ET PUIS, JE PORTE L'AMULETTE QUE M'A DONNÉE TA GRAND-MÈRE !
AVEC ÇA, AUCUNE CHANCE DE CROISER DES FANTÔMES OU AUTRES !
DIS-LUI BONJOUR DE MA PART.
TU POURRAS LUI DIRE QUE ÇA MARCHE VRAIMENT BIEN.
Enfin, je crois.
OUI, DONC EN FIN DE COMPTE, TU.CROIS AU SURNATUREL...

SURSAUT
SALUT.
OUAH !
A... ANNA !
QU... QU'EST-CE QUE TU... FAIS LÀ ?
TOUJOURS EN TRAIN DE JOUER LES DÉTECTIVES, ANDOUILLE ?
Du calme
C'EST MOI QUI DEVRAIS TE POSER LA QUESTION. JE TE RAPPELLE QUE JE SUIS LE PROPRIÉTAIRE DES LIEUX.

J'AI FAIT UNE COPIE DE LA CARTE DES ENVIRONS DANS LES BUREAUX D'ANNA.
PROCHAINE ÉTAPE : CONSTATER LA SCÈNE DE CRIME DE MES PROPRES YEUX...
HOP !
EN PASSANT PAR LÀ, JE DEVRAIS POUVOIR ACCÉDER À LA PROPRIÉTÉ PRIVÉE...
IL FAIT SOMBRE, J'AI UN MAUVAIS PRESSENTIMENT...

NON, POURQUOI ?
JE CROYAIS.
JE COMPTE SUR VOUS POUR CHERCHER LE PLUS D'INFORMATIONS POSSIBLES...
POUR CHIKA ET MOI.
HI HI...
ALLEZ !
RÉUSSIR À AVOIR UN PROCHE DE LA VICTIME DANS LA POCHE, C'EST FAIT !
IL VA SÛREMENT ME DIRE DES CHOSES QUI VONT M'ÊTRE TRÈS UTILES.
IL EST UN PEU LOUCHE, MAIS SI JE PEUX PROUVER SON INNOCENCE, ÇA FERA SÛREMENT AVANCER L'ENQUÊTE.
FLAP

JE SUIS UN PEU FATIGUÉ AUJOURD'HUI...
PEUT-ÊTRE PLUS TARD.
!
MERCI INFINIMENT !
DE RIEN... JE PEUX VOUS JOINDRE EN UTILISANT LE NUMÉRO SUR CETTE CARTE, C'EST ÇA ?
OUI !
C'EST LE MOYEN LE PLUS FACILE POUR ME CONTACTER.
ET VOUS ÊTES... MONSIEUR HASEGAWA.
TOUT À FAIT !
VOUS PORTEZ DU PARFUM ?
?
EUH...
Non, pourquoi ?

JE NE VOUS SOUPÇONNE PAS DU TOUT !
AU CONTRAIRE, J'AIMERAIS CONNAÎTRE LE FIN MOT DE CETTE HISTOIRE AFIN DE PROUVER VOTRE INNOCENCE !
JE VOUS DEMANDE DE COO-PÉRER...
PENSEZ À LA VICTIME, CHIKA...
.....
VOTRE SITE EST CONNU POUR ÊTRE TRÈS DOUTEUX...
HA HA... ON ME LE DIT SOUVENT...
CEPENDANT, JE SUIS CETTE AFFAIRE PERSONNEL-LEMENT...
VOULEZ-VOUS BIEN ME FAIRE CONFIANCE ?

Je chopperai le coupable...
BON !
CLANG
avant que la police ne puisse t'attraper !
C'ÉTAIT DÉLICIEUX ! JE VAIS POUVOIR TRAVAILLER LE VENTRE PLEIN AUJOURD'HUI !
TU M'AS ÉCOUTÉ, AU MOINS ?
ÉCOUTEZ, JE VOUS LE RÉPÈTE...
JE VIENS À PEINE DE RENTRER DE LONGUES HEURES D'INTERROGATOIRE.
QUE VOUS, LES JOURNALISTES, ÊTES DÉJÀ EN TRAIN DE ME HARCELER ?!
ÉCOUTEZ-MOI, MONSIEUR KUDÔ !

Je peine à croire qu'il puisse faire une chose pareille...
ET PUIS IL N'A PAS DE CROCS... ENFIN JE PENSE.
FIXE
IL NE SOURIT JAMAIS À PLEINES DENTS.
QUOI ?
HM ? RIEN.
SHH
MITSURU...
NE TE MÊLE PAS TROP DE CETTE HISTOIRE.
JE T'AURAIS PRÉVENU.
SOURIT
Vous voyez comment il est gentil ?

Mais cette fois, c'est différent,
Car Anna est un des suspects dans l'affaire sur laquelle j'enquête.
L'incident s'est produit dans une propriété appartenant à sa famille...
certains témoins ont vu un homme plutôt grand s'enfuir de la scène du crime...
FIXE...
EN PLUS, IL N'A AUCUN ALIBI !
?

ELLE A DÛ ÊTRE EMPOISONNÉE, NON ? LAISSE LA POLICE FAIRE SON TRAVAIL...
JE N'AURAIS PAS À ENQUÊTER MOI-MÊME SI ELLE LE FAISAIT.
TU SAIS...
TU DEVRAIS FAIRE ATTENTION, LA CURIOSITÉ EST UN VILAIN DÉFAUT.
PFF...
Yûsei Annaka
ET POURTANT, C'EST MA PLUS GRANDE QUALITÉ.
C'est mon ami d'enfance.
Sa famille travaille dans l'immobilier, alors il me donne souvent des informations très précieuses.
Enfin, parfois j'utilise ça comme prétexte pour qu'il me paye à manger.

C'EST À PROPOS DE L'ASSAS-SINAT DE CETTE FEMME LE MOIS DERNIER ?
EXACTE-MENT !
CLAC
ELLE A ÉTÉ RE-TROUVÉE AVEC DES MARQUES DE MORSURE DANS LE COU...
CHOSE PLUTÔT INTRIGANTE, ALORS DES RUMEURS CIR-CULENT COMME QUOI CE SERAIT L'ŒUVRE D'UN « MORDEUR ».
ON NE SAIT PAS ENCORE SI C'EST UN MEURTRE, LA CAUSE DE LA MORT RESTE IN-CERTAINE. LE SANG ÉTAIT COAGULÉ DANS LE CORPS.
POUR L'INSTANT RIEN N'A ÉTÉ DÉTERMINÉ, ALORS ÇA VAUT LE COUP DE SE RENSEIGNER.
C'EST VRAIMENT DÉBILE, TOUT ÇA POUR UN SIMPLE HOMICIDE...

C'EST PLUTÔT TOI QUI AS BESOIN DE MOI, NON ?
JE TE PAYE MÊME LE REPAS VU QUE T'ES FAUCHÉ.
HMPH...
JE SUIS AUSSI TON INFORMATEUR...
MERCI POUR TOUT !
ARRÊTE TON CHAR.
TU DEVRAIS ARRÊTER D'ÉCRIRE POUR CE SITE D'ACTUALITÉS QUI NE TE PAIE MÊME PAS ASSEZ POUR BOUFFER.
C'EST QUOI TON SCOOP DU MOMENT ? LES VAMPIRES ?
LES « MORDEURS » !

FHHH...
GRML...
JE T'AI DÉJÀ DIT DE METTRE DE LA CRÈME ANTIMOUSTIQUES.
KOFF
KOFF
ANNA... !
ARRÊTE DE SOUFFLER LA FUMÉE DE TES CLOPES MERDIQUES DANS LE VISAGE DES GENS !
JUSTEMENT, ÇA SERT DE RÉPULSIF.
QUE TU DIS, OUI !
C'EST DINGUE QUE TU FASSES ÇA MÊME À UN AMI PRÉCIEUX QUI DAIGNE TRAÎNER AVEC TOI...

HÉ, MITSURU !
ENCORE UN MOUSTIQUE.
!
PAF
!
MINCE... TROP TARD.
POURQUOI JE ME FAIS TOUJOURS PIQUER ?
IL Y A DES GENS, COMME ÇA, QUI ATTIRENT LES BESTIOLES...

Merci pour
le repas.

Ah !
Pour...
quoi...

smoky nectar
1

Tu as l'air délicieux, Mitsuru.
Je peux te mordre ?
Quoi ? Qu'est-ce que tu racontes ?
En fait...
Ça te dérange ?
Hé hé
Je ne suis qu'un insecte instinctivement attiré par du nectar...
Non, vas-y.